AF224217

I.

MADAME LA TERRE.

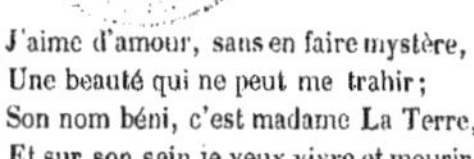

J'aime d'amour, sans en faire mystère,
Une beauté qui ne peut me trahir ;
Son nom béni, c'est madame La Terre,
Et sur son sein je veux vivre et mourir !

Quand du néant Dieu tira notre monde,
Aux éléments donnant le grand éveil,
Toute parée elle sortit de l'onde
Pour recevoir son époux : le Soleil !

Parfois entre eux passent quelques nuages,
Et même alors on voit pleurer les cieux....
Mais c'est ainsi dans les meilleurs ménages :
Terre et Soleil après s'aiment bien mieux !

Nous profitons d'ailleurs de chaque pluie,
Puisqu'en voyant la Terre toute en pleurs,
Sous des baisers le Soleil les essuie
Pour remplacer les larmes par des fleurs.

Pour le berceau de l'homme qui va naître,
La bonne Terre a des rameaux tout prêts.
Quand vient pour lui l'heure de disparaître,
Elle fournit la pierre et les cyprès.

Comme elle est belle, en parure d'hermine,
Les jours d'hiver, pendant les longs sommeils !
Ou reprenant, lorsque tout s'illumine,
Son vert manteau brodé de fruits vermeils !..

C'est pour le monde une mère suprême,
Inépuisable en sa fécondité :
Car en tout temps c'est le cœur de Dieu même
Qui dans son sein bat pour l'humanité !

A ce cœur-là le laboureur se fie ;
Et, quand l'été revient au grand jardin,
Pour chaque grain qu'à la Terre on confie,
Elle vous rend l'épi, la fleur du pain !

Lorsque son front de pampres se couronne
Au mois doré qui voit le raisin mûr ;
Elle nous fait les honneurs de l'automne
En nous offrant son sang fertile et pur.

Elle supporte, et sans jamais rien dire,
Nos vanités et nos ambitions ;
Parfois aussi l'on croit la voir sourire
Quand l'homme fait de grandes actions !

Mais elle tremble en ces guerres civiles
Où, répandu sous les mêmes drapeaux,
Le sang versé fait pousser dans les villes
Les longs remords et les sombres tombeaux.

Son sein toujours est ouvert pour les hommes :
Elle a du fer pour le bras des guerriers ;
Pour les blessés elle a de divins baumes ;
Pour les vainqueurs elle a de verts lauriers.

Elle a du feu pour l'usine et la forge,
Elle a du bois pour emplir les chantiers ;
Et les métaux dont la Terre regorge
Font travailler des milliers d'ateliers.

Quand les enfants que le Soleil invite
Vont, gais oiseaux, jouer hors de leurs nids,
D'un tapis d'herbe elle se couvre vite
Pour amortir la chute aux plus petits.

J'aime d'amour, sans en faire mystère,
Une beauté qui ne peut me trahir ;
Son nom béni, c'est madame La Terre,
Et sur son sein je veux vivre et mourir !

ÉDOUARD PLOUVIER.

II.

LE CHEVALIER PRINTEMPS.

C'est moi que Dieu sur terre envoie
Dans un rayon de son soleil
Pour mettre la nature en joie,
Pour faire un monde tout vermeil.
Quand l'Hiver m'a crié : « *Qui vive !* »
J'ai dit : « Fais-moi place, il est temps !
Du Paradis tout droit j'arrive :
Je suis le chevalier Printemps ! »

Vêtu de vert, de bleu, de rose,
Le nez au vent, l'œil allumé,
Plus frais que la plus fraîche rose,
Plus parfumé qu'un jour de mai ;
Avec un charmant caractère
Et la plus heureuse santé,
Je m'en viens passer sur la terre
Trois mois d'amour et de gaîté !

J'ai des fleurs à ma boutonnière ;
J'ai des flacons pleins de senteur,
De l'espoir plein ma bonbonnière
Et des chansons tout plein mon cœur !
Or, il suffit que je me montre,
Et les plus froids vont s'animer :
L'ami Soleil règle ma montre
Qui dit toujours l'heure d'aimer.

Le char céleste qui m'apporte
Par des papillons est conduit ;
Un essaim d'abeilles l'escorte,
Tout un orchestre ailé le suit.
Au loin dès qu'on me voit paraître,
L'insecte et le bourgeon naissant
Se mettent vite à la fenêtre
Pour me saluer en passant.

Chemin faisant, à gauche, à droite,
Sur les gazons, dans les bosquets,
Je lance d'une main adroite
Des guirlandes et des bouquets ;
Et les refrains de mon cortége
Réveillent les petits Amours
Qui dormaient blottis sous la neige,
Attendant l'aube des beaux jours.

Dans une poussière dorée,
Au jour fixé par le Destin,
Ma chevalerie adorée
Met pied à terre un beau matin.
Et tout aussitôt à mes trousses
Je vois des escadrons d'oiseaux
A qui je fais des toits de mousses
Et dont je fleuris les berceaux.

Coteaux, vallons, prés, champs, fontaines,
Tout me fait fête à chaque pas ;
Car j'ai de plus nombreux domaines
Que le marquis de Carabas !
Je reverdis la terre grise
Qui sert de nappe à mes galas,
Et pour commencer, je me grise
A l'odeur des premiers lilas !...

On m'appelle aussi l'Espérance,
La Poésie, ou bien encor
L'Ère d'amour, l'Adolescence,
Le Renouveau, le Songe d'Or ;
Je préside au mois de Marie,
Je fais l'air pur et le ciel bleu
Pour le jour de Pâque-Fleurie
Et le jour de la Fête-Dieu.

Dans les vergers, dès ma venue,
D'herbe se couvrent les sentiers,
Et pour me réjouir la vue,
De fleurs se parent les pommiers.
On dirait, à voir leur parure,
Qu'ils vont faire, en procession,
Au grand autel de la nature
Leur première communion !

Quand j'ai mis fin aux giboulées,
Je ferme la cave aux fagots ;
J'éteins la lampe des veillées
Et j'ouvre la porte aux troupeaux.
Du rose velours de la pêche,
J'aime à colorer la pâleur
Des beautés qui vont en calèche
Au bois promener leur langueur.

Sous les brises de mon haleine
Aux sillons s'en vont les semeurs ;
Les ruisseaux s'en vont à la plaine,
Et sous les branches les rimeurs...
Les bergers s'en vont aux prairies,
Les gazelles au fond des bois,
Les beaux enfants aux Tuileries
Et les colombes sur les toits.

Le monde lit sur mon visage
Toutes les promesses du ciel,
Car je suis la plus belle page
Du doux livre de l'Éternel !
Combien d'âmes en défaillance,
Qui doutaient dans les jours d'hiver,
Retrouvent la sainte croyance
Quand je reviens parfumer l'air !...

C'est moi que Dieu sur terre envoie
Dans un rayon de son soleil
Pour mettre la nature en joie,
Pour faire un monde tout vermeil.
Quand l'Hiver m'a crié : « *Qui vive !* »
J'ai dit : « Fais-moi place, il est temps !
Du Paradis tout droit j'arrive :
Je suis le chevalier Printemps ! »

ÉDOUARD PLOUVIER.

III.

MONSEIGNEUR L'ÉTÉ.

Réjouis-toi, grande nature ;
Dévoile toutes tes splendeurs !
Brode ta robe de verdure,
De rayons, de fruits et de fleurs !
De ton sein qu'une hymne s'élance
A travers le monde enchanté...
Réjouis-toi, Nature immense,
Le voici, monseigneur l'Été !

Oui voici l'Été, riant et superbe ;
Et quand il paraît, de la terre aux cieux,
De l'homme au grillon, du chêne au brin d'herbe,
Tout palpite et chante un chant plus joyeux !

C'est qu'en son chemin où la joie abonde,
Il change les fleurs en fruits éclatants,
Lorsqu'il vient tenir à notre vieux monde
Tout ce qu'a promis le jeune Printemps.

C'est que les baisers qu'il donne à la plaine
Font monter la sève et l'épi blondir ;
Le grain s'alourdit sous sa chaude haleine :
Froment et blé noir, il fait tout grandir !

Et la caille grise et l'humble cigale
Avec l'alouette au léger refrain,
Ensemble élevant leur voix matinale,
Chantent dans les blés la chanson du pain.

Point de goût aux mets les plus délectables
Sans le pain qu'apporte avec lui l'Été,
Pourvoyeur béni de toutes les tables,
Père nourricier de l'humanité !

Lui seul il permet qu'à la terre on prenne
Les fleurs de son sein, bouquets d'épis d'or ;
Mais lorsque la grange est à peu près pleine,
Au gai moissonneur l'Été dit encor :

« Si tu ne veux pas que la foudre frappe
« La table où te sert la main du Seigneur,
« Riche généreux laisse sur la nappe
« De quoi contenter la faim du glaneur ! »

De brillants desserts, il n'est point avare,
Et quand il rougit les hauts espaliers,
Notre ami Soleil avec lui prépare
Honneur et profit pour les jardiniers.

L'Été, comme l'homme, a ses jours d'orage ;
Il gronde, il éclate... on craint ses fureurs !
Puis il a regret d'un moment de rage,
Et ç'est par torrents qu'il verse des pleurs...

Mais quand la campagne est toute fleurie,
Quand le doux mois d'août est à son milieu,
C'est lui qui nous dit de fêter Marie,
La mère de Dieu par les fleurs de Dieu !

Il fait les longs jours et les beaux dimanches ;
C'est lui qui verdit les grands marronniers,
Qui met tout en train et qui sous les branches
Donne de l'ouvrage aux ménétriers.

Sans jamais compter ses faveurs insignes,
C'est lui qui du bain réchauffe les eaux,
Et laisse entrevoir, se mêlant aux cygnes,
Les blanches beautés ceintes de roseaux.

Les courses par lui sont favorisées ;
Il envoie aux eaux les riches douleurs,
La fière amazone aux Champs-Élysées,
Aux anciens châteaux les nouveaux seigneurs,

Il fait travailler tous les vers à soie ;
Il économise aux pauvres le feu ;
Et c'est lui qui seul permet que l'on voie
Les enfants courir bras nus au ciel bleu...

Le soir il se mêle à ces têtes blondes
Qu'appelait à lui le pasteur Jésus,
Pour danser encor ces anciennes rondes
Que plus tard, hélas ! on ne danse plus !

Sous l'œil maternel qui couve et regarde,
Il unit sa voix aux petites voix
Des guerriers qui jouent à « La tour, prends garde ! »
Et qui désormais « n'iront plus au bois... »

Au milieu des fleurs qu'il prodigue aux tombes
Pour rendre plus doux le dernier sommeil,
Ont leurs rendez-vous ramiers et colombes
Dont l'hymen redoute un jour trop vermeil...

Et le collégien qu'il met en vacance,
Ou l'étudiant, un soir, au jardin,
Près d'une cousine en tremblant commence
La philosophie ou son droit romain.

L'Été nous fait voir, parmi ses almées,
Le coq, ce sultan de la basse-cour,
Jeter le mouchoir à cent bien-aimées
En poussant un cri d'orgueil et d'amour !

Il cache aux regards les nymphes frileuses
En proie aux baisers du vent des hivers ;
Diane ou Daphné, qui, toutes honteuses,
Frissonnaient au fond des grands parcs déserts...

Il allume au ciel ces soleils de gloire,
Dont parlent toujours les pères aux fils,
Éclairant des jours chers à la victoire,
Et qu'on a nommés soleils d'Austerlitz.

Et pendant les nuits, quand sous les ramures
Un grand calme suit le grand bruit des jours,
On entend encor de vagues murmures...
C'est la vieille Terre enfantant toujours !

Réjouis-toi, grande nature ;
Dévoile toutes tes splendeurs !
Brode ta robe de verdure
De rayons, de fruits et de fleurs !
De ton sein qu'une hymne s'élance
A travers le monde enchanté...
Réjouis-toi, Nature immense,
Le voici, monseigneur l'Été !

1855

ÉDOUARD PLOUVIER.

LE LIVRE DU BON DIEU.

IV.

SA MAJESTÉ L'AUTOMNE.

Les rois s'en vont, dit-on, bien qu'il n'en manque pas encore,
Suivant dans l'inconnu les Dieux depuis longtemps partis :
Il en est un pourtant qu'ici bas tout le monde honore,
Roi de tous les pays et chéri de tous les partis ;
Il est de droit divin, la campagne voilà son trône ,
Quand septembre l'amène, ah ! comme il est gaîment fêté !
Ce monarque a reçu pour nom : Sa Majesté l'Automne;
Par tous qu'il soit chanté ! Noël à cette Majesté !

Le front ceint de pampre et de lierre,
Cette Majesté familière
Met tout son royaume en gaîté !
Pourtant, avec mélancolie,
Comme les vieux rois elle se plie
Sous le poids de sa royauté.

Mais, fils de la nature auguste,
L'Automne comme elle est robuste ,
Et, jusques à son dernier jour,
Ce souverain, qui ne craint guère
Le journal, l'émeute ou la guerre,
Prouve à ses sujets son amour.

Grâce à lui les coteaux se dorent
Et les tonnelles se colorent;
Et lorsqu'il voit, le long des murs,
Sous les grappes ployer les treilles :
— Apprêtez, dit-il, les corbeilles....
Vendangeurs, les raisins sont mûrs !

Alors, trônant sur une tonne,
On voit Sa Majesté l'Automne
Au milieu des fronts empourprés,
Enrôler jusqu'aux jeunes filles
Pour armer leurs mains de faucilles
Dans les bataillons enivrés.

Bientôt, comme dans des étuves
Le vin va mugir dans les cuves....
Tableau joyeux et sans pareil :
On court, on crie, on se culbute,
Et gare à qui fait une chute,
Il se relève tout vermeil !

Le roi regarde et se déride.
Il est superbe, il est splendide,
Il est fier du grain récolté;
Et pendant ces beaux jours d'octobre,
Dont l'odeur grise le plus sobre,
C'est fête pour Sa Majesté !

Oui si notre père confie
La moisson du blé, notre vie,
A l'Été, le grand nourricier,
C'est à l'Automne qu'il envoie
La moisson du vin, notre joie !
L'Automne est le grand sommelier.

Aussi, tandis qu'au soir l'on danse
Autour du pressoir en cadence,
La face rouge et l'œil en feu ;
Quelquefois, dit-on, il arrive
Qu'au doux exemple de la grive
Sa Majesté trébuche un peu.....

Lorsqu'on a dit, puisque tout change :
« Adieu paniers, adieu vendange ; »
Grand chasseur, comme sont les rois,
L'Automne par nous se fait suivre
Aux refrains des chansons de cuivre
Que le cor chante au fond des bois.

Sur la montagne et dans la plaine
C'est lui qui, de sa tiède haleine,
Fait voltiger ces fins tissus,
Tombés des fuseaux où Marie
File, en chantant, dans sa patrie,
Des voiles blancs pour les élus.

Il arrange des soirs de fêtes
Pour les peintres et les poètes,
Pour les amoureux sans sommeil ;
Fleurissant les derniers ombrages,
Allumant les derniers orages
Et les beaux couchers de soleil....

Puis, dans les muettes allées,
D'entre les branches dépeuplées,
Son souffle, qui refroidit l'air,
Prend et pousse au loin chaque feuille,
Qu'en son sein la terre recueille
Pour s'en nourrir pendant l'hiver.

Aux vieillards que midi rassemble,
En cheminant, parfois, il semble,
S'ils foulent ces feuilles aux pieds,
Que sous leurs pas qui s'alourdissent
Dans les feuilles mortes gémissent
Les anciens amours oubliés.

Mettant les oiseaux en déroute,
Pour venir, l'Hiver est en route
Conduit par l'éternel Destin ;
Cependant, comme à son aurore,
L'Automne nous sourit encore
A l'Été de la Saint-Martin.

Puis il voit d'un vol moins rapide
Les martinets dans l'air humide,
En criant sembler se chercher,
En partant, le dernier s'arrête
Comme un ami qui le regrette,
Sur le vieux coq d'un vieux clocher....

Adieu donc, ô paisible règne,
Roi qui ne crains pas qu'on le craigne,
O toi, des peuples l'idéal !
Lorsque tu t'en vas, la nature
Trois mois se prive de parure
Et porte en blanc ton deuil royal.

Les rois s'en vont, dit-on, bien qu'il n'en manque pas encore,
Suivant dans l'inconnu les Dieux depuis longtemps partis :
Il en est un pourtant qu'ici bas tout le monde honore,
Roi de tous les pays, et chéri de tous les partis ;
Il est de droit divin, la campagne voilà son trône,
Quand septembre l'amène, ah! comme il est gaîment fêté !
Ce monarque a reçu pour nom : Sa Majesté l'Automne ;
Par tous qu'il soit chanté ! Noël à cette Majesté !

1853

ÉDOUARD PLOUVIER.

LE LIVRE DU BON DIEU.

V.

LE BONHOMME HIVER.

Ouvrez! c'est moi qui fais ma grande ronde :
Je suis l'Hiver dont on craint le retour,
Mais en voyant mon œuvre dans ce monde,
On doit pour moi garder un peu d'amour.

Pardonnez-moi si malgré vos murmures
J'ose m'asseoir au coin de votre feu,
Mais j'entrerais même par les serrures;
Que voulez-vous ! c'est l'ordre du bon Dieu !

Dam ! je n'ai pas ce que le soleil donne :
Je ne suis pas ardent comme l'Été,
Je ne suis pas vermeil comme l'Automne,
Et du Printemps je n'ai pas la gaîté.

Dans leurs amours le Vent et l'Avalanche
M'ont enfanté dans de rudes climats;
En secouant ma vieille barbe blanche
J'en fais pleuvoir le givre et les frimats.

Lorsque déjà la terre est toute grise,
Quand le soleil lui-même est tout frileux,
J'arrive un jour de brouillard et de bise,
Le nez tout rouge et le front nébuleux.

Gais compagnons de mon humeur chagrine,
J'ai des amis suivant toujours mes pas :
Filles, pour vous j'ai sainte Catherine,
Et j'ai pour vous, garçons, saint Nicolas.

J'offre aux chrétiens une fête adorable,
En souvenir du dieu de Bethléem,
Qui, roi des cieux et né dans une étable,
Alla mourir devant Jérusalem !...

J'aime en décembre aux vitraux des boutiques
A dessiner, architecte hardi,
Des bois d'argent, des palais fantastiques
Qu'on voit se fondre aux rayons de midi.

C'est dans mes bras que meurt la vieille année,
Lorsque minuit la change en souvenir ;
Elle a, des rois suivant la destinée,
Beaucoup promis mais sans beaucoup tenu....

C'est aussi moi qui présente à la terre
Le nouvel an dans les bonbons venu :
Rien qu'à le voir en lui chacun espère,
Il est charmant... puisqu'il est l'inconnu !

Si de Janvier je souffle les bourrasques,
En même temps je fais les nuits de bal ;
Puis, sans compter les divers autres masques,
Je permets ceux qu'on porte en carnaval.

C'est la saison où, dans le cheminée,
L'eau qui bouillonne et le grillon jaseur
Chantent tous deux la tâche terminée,
Et la famille, et le calme bonheur.

Et tout le temps que la flamme étincelle,
La mère voit à son foyer béni
Chaque petit se serrer sous son aile
Comme l'oiseau dans la chaleur du nid...

Quel jour charmant en ce temps-là je donne !
Le plus obscur y peut dicter ses lois :
Car ce jour-là, trône, sceptre et couronne,
Tout est caché dans le gâteau des rois !...

Lorsque chacun espère, appelle, envie
Ce rang royal sans guerre et sans abus,
On tire au sort, sans jamais qu'on oublie
La part du pauvre ou la part de Jésus.

J'ai des plaisirs pour qui me les demande :
Partez, chasseurs; concerts, donnez l'accord ;
Courez sur l'eau, patineurs de Hollande ;
Glissez gaîment, légers traîneaux du nord !

Si dans ma route on voit le froid paraître
Et s'établir au sein de la cité,
C'est pour m'apprendre au nom du divin Maître,
Si l'on sait faire encor la charité...

Chez des vieillards quand pénètre la neige,
Quand des enfants cheminent les pieds nus,
Réchauffez-les, vous que le sort protége,
Pour être un jour là-haut les bienvenus !

Vous m'accusez, quand la nature reine
Sous mon manteau cache son front d'azur;
Vous m'accusez, quand j'étends sur la plaine
Ces draps plus blancs que le lin le plus pur.

Mais si j'endors ainsi la vieille terre
Qu'ont épuisée et l'automne et l'été,
C'est pour sauver par un divin mystère
Le saint trésor de sa fertilité !

Tandis qu'ainsi j'apprête toutes choses,
Sans me donner le temps d'être coquet,
En attendant les oiseaux et les roses,
Dans vos celliers le vin prend du bouquet.

Je fais sans bruit ma besogne féconde;
De tout pays auquel je dis adieu,
Comme le sol j'ai purifié l'onde,
Ravivé l'air et ranimé le feu !

Allez, allez, celui-là qui m'envoie
Sait mieux que vous ce que vous désirez:
De vos ennuis il tire votre joie,
Des mois brumeux il fait les mois dorés.

Ouvrez ! c'est moi qui fais ma grande ronde :
Je suis l'hiver dont on craint le retour,
Mais en voyant mon œuvre dans ce monde,
On doit pour moi garder un peu d'amour.

ÉDOUARD PLOUVIER.

LE LIVRE DU BON DIEU.

VI.

LA MÈRE PROVIDENCE.

Enfant d'un siècle où tout s'oublie,
Toi qui dis adieu tour à tour
A tous les autels de la vie,
Même à la foi, même à l'amour;
Retiens au moins une espérance,
Et pour aimer encore un peu,
Crois à la mère Providence,
La messagère du bon Dieu!

Du même âge que Dieu le père,
Née au matin du premier jour,
Jeune et vieille comme la terre!
Éternelle comme l'amour,

Les anges volant dans l'espace
La rencontrent soir et matin,
Jamais en place et jamais lasse,
Toujours par voie et par chemin!

Qu'au bout du monde une âme pleure,
C'est elle qui reçoit ses pleurs;
Elle est partout à la même heure,
Ici, plus loin, et même ailleurs.

Et l'Ogre des légendes bleues
Une nuit, chez elle surprit
Ces fines bottes de sept lieues
Que Petit-Poucet lui reprit.

Lorsque parfois elle sommeille
Dans la chambre du tout-puissant,
Comme une mère un cri l'éveille
Quatre à quatre elle redescend!

Si d'avoir l'oreille un peu dure
Quelquefois on l'accuse en bas,
C'est qu'éprouvant sa Créature,
En haut Dieu dit: « Ne réponds pas. »

Chargée aussi de la police
Et des rapports au créateur,
Afin d'éclairer sa justice,
Elle espionne le malheur.

Et pour savoir ce que l'on pense,
Recourant aux petits moyens,
Elle est au mieux (sans médisance!)
Avec tous les anges gardiens.

Curieuse et non point bavarde,
Car la réserve est de son goût,
A tout il faut qu'elle regarde;
Elle aime à se mêler de tout.

Parfois, au service du maître,
De plaisir elle veut sa part,
Et prend, pour ne rien compromettre,
Le pseudonyme de Hasard.

C'est alors qu'elle rit des hommes:
De nos plates ambitions,
De nos rois et de nos royaumes,
Et de nos révolutions!!!

Envoyant les rats dans nos chartes,
Brûlant nos codes éternels,
Renversant nos châteaux de cartes,
Et faisant sauter nos Babels!

On ne pourrait compter les drames,
Les poëmes et les romans,
Dont elle débrouille les trames,
Dont elle fait les dénoûmens!

C'est son haleine charitable
Qui, dans les festins les plus beaux,
Souffle les miettes de la table
Vers la faim des petits oiseaux.

Son souffle aussi gonfle la voile
Qui ramène au port le marin;
Elle allume la bonne étoile
Sur la route du pèlerin.

On dit qu'à la jeune innocence,
A l'homme probe, au travailleur
Parfois la mère Providence
Réserve des tours de faveur;

On dit qu'elle a des préférences
Pour ceux qui font la charité;
Que plus on connut de souffrances,
Plus on est son enfant gâté!...

Mais sur tout rang et sur tout âge,
Veillant toujours d'un cœur aimant,
Elle est l'auteur de cet adage:
Que le bien nous vient en dormant.

Car elle est bonne d'habitude,
Semant le bien au champ mortel,
Et récoltant l'ingratitude
Ni plus ni moins que l'Éternel!...

Ni plus ni moins elle pardonne;
Nous demandant par-ci par-là
Pour tout le mal qu'elle se donne
De croire au doux maître qu'elle a!

Enfant d'un siècle où tout s'oublie,
Toi qui dis adieu tour à tour
A tous les autels de la vie,
Même à la foi, même à l'amour!
Retiens au moins une espérance,
Et pour aimer encore un peu,
Crois à la mère Providence,
La messagère du bon Dieu.

1855

ÉDOUARD PLOUVIER.

VII.

L'AMI SOLEIL.

En fait d'amis, il n'en est guère
Dont la visite, à mon réveil,
Parvienne aussi vite à me plaire
Que celle de l'ami Soleil !
Impossible qu'on lui résiste
Quand d'amour il vient vous parler,
Impossible de rester triste
Quand il prétend vous consoler !

Il met la vigueur dans nos veines
Et le courage dans nos cœurs,
Dans nos amours et dans nos peines
Il combat et nous fait vainqueurs.
Dans le salon, quand il regarde,
Il rajeunit les vieux tableaux,
Et fait chanter, dans la mansarde,
Les enfants avec les oiseaux.

C'est lui qui donne à la jeunesse
Ses beaux transports de liberté;
C'est lui qui verse à la vieillesse
Le vin, le rire et la santé.
Au paradis comme sur terre
On aime sa joyeuse humeur ;
Il est bien avec Dieu le père
Qui l'a fait son ambassadeur !

Sur les coteaux, le long des treilles,
Quand il passe d'un air content,
Il fait les grappes plus vermeilles
Pour le vigneron plus chantant !
Du sein de la mère nature
Il fait jaillir, comme un lait d'or,
Le blé, suprême nourriture
De ce vieux monde, enfant encor.

De le voir les fleurs sont heureuses,
Et c'est devant lui seulement
Que leurs corolles langoureuses
S'entr'ouvrent amoureusement !...
Et du parfum des fleurs de France,
Bouquet par lui-même assemblé,
Il fait un rayon d'espérance
Pour le front du pauvre exilé.

Il compte dans ses amoureuses
La muse aux riantes chansons,
Et souffle des notes joyeuses
A l'orchestre ailé des buissons.
Il passionne l'alouette
Tous les matins dès son retour;
Et vers lui monte la coquette
Avec de petits cris d'amour !...

Sans lui, le ciel fait triste mine,
Et fond en pleurs dans son ennui ;
Quand il revient, tout s'illumine,
Et l'arc-en-ciel brille pour lui.
Généreux, même aux égoïstes,
Il sourit aux cœurs fatigués,
Fait moins tristes ceux qui sont tristes
Et rend plus gais ceux qui sont gais.

Avec des regards pitoyables,
Soleil, l'ami de tous pays,
Aux sauvages, aux pauvres diables,
L'hiver, épargne des habits.
Et la bohême vagabonde
Se chauffe à ses regards de feu,
Quand il fait les honneurs du monde
Dans le grand salon du bon Dieu.

Quand l'un de nous se sent malade,
Il demande l'ami Soleil ;
En recevant son accolade
Il retrouve un teint plus vermeil.
Mais si le ciel veut qu'il succombe,
S'il doit partir, malgré nos pleurs,
Tous les jours, visitant sa tombe,
L'ami Soleil y met des fleurs.

Pour la Terre, sa vieille femme,
C'est un mari des plus constans ;
Quand ils s'embrassent, quelle flamme !
On croirait qu'ils n'ont que vingt ans !
Avec eux tout se renouvelle,
Le champ, le pré, l'arbre fruitier,
Et pendant leur noce éternelle,
C'est la noce du monde entier !

ÉDOUARD PLOUVIER.

Typ. Vinchon et Charles de Mourgues.

VIII.

SON ALTESSE LA LUNE.

Je suis la sœur du roi Soleil,
Du vieil ami de tout le monde;
C'est toujours mon altesse blonde
Qui règne pendant son sommeil.
Jusqu'à l'aube dans mon conseil
Les astres d'or siégent en ronde...
Soleil des nuits, altesse blonde,
Voici la sœur du vrai soleil!

Je suis la déité chère aux amours fidèles.
Aux couples qui s'en vont le soir sous les tonnelles
    J'aime à sourire au bord du ciel;
Puis, lorsque vers l'autel l'amour même les pousse,
J'ai pour briller sur eux une clarté si douce
    Qu'ils me nomment Lune de miel!

Je prête au voyageur ma lueur indulgente.
Mais je suis femme, hélas, c'est-à-dire changeante,
    Mes caprices le font bien voir...
Et lorsque le soleil, morose et solitaire,
Reste chez lui le jour et se cache à la terre
    Je reste aussi chez moi le soir.

Jamais huit jours durant on ne me voit la même;
Je change au mois d'avril mon teint pâle qu'on aime,
    Et maussade, et fondant en pleurs,
Je m'habille de gris, d'un rien je me courrouce,
Ce qui me fait en bas nommer la Lune-Rousse,
    Redoutable aux premières fleurs.

D'ailleurs, depuis qu'au ciel, la nuit, je me promène,
J'ai compté tant d'erreurs dans la nature humaine,
    Tant de ridicules, toujours;
Tant de fois sa sottise a dépassé les bornes
Que sans me détourner et lui faire les cornes
    Je ne puis plus briller huit jours!

Le divin Arioste affirme en son poëme
Que je garde en mon sein, par ordre de Dieu même,
    Et, parmi les trésors perdus,
Le bon sens des humains dans des fioles de verre;
Et j'en conserve tant que votre pauvre terre
    Depuis des siècles n'en a plus!

J'ai, selon vos savants, une forme assez ronde;
Je suis un monde éteint, satellite d'un monde
    Qui croit vivre, et vivre fort bien!
Et, qu'il monte, ou descende, ou batte la campagne,
Tout autour du soleil c'est moi qui l'accompagne,
    Mais vos savants... ne savent rien!

Car je suis la sœur du soleil,
Du vieil ami de tout le monde;
C'est toujours mon altesse blonde
Qui règne pendant son sommeil.
Jusqu'à l'aube dans mon conseil
Les astres d'or siégent en ronde...
Soleil des nuits, altesse blonde,
Voici la sœur du vrai soleil!

Quand j'ai du firmament écarté tous les voiles,
Durant les nuits d'été je tiens ma cour d'étoiles
    Dans le palais de l'astre-roi.
Mes étoiles, selon l'Académie entière,
Sont *Des corps lumineux de leur propre lumière*,
    N'en croyez rien et croyez-moi.

Ces fleurs de l'infini sont des mondes de flammes
Où s'en vont habiter les immortelles âmes,
    Tout près du maître radieux.
Quand ceux-là qu'animaient des forces éternelles
Dorment du long sommeil dans les cités mortelles,
    Leurs âmes vont peupler les cieux!

Là, brillent pour toujours Rubens et Véronèse;
Là Weber et Beethoven écoutent Pergolèze,
    Mozart console Bellini;
Ce qui vous éblouit dans cette zône ardente,
C'est Molière et Schiller, Shakspeare, Homère et Dante;
    Là, Phidias et Cellini!

Là, planent ces esprits que le temps divinise:
Galilée, et Franklin, et Socrate, et Moïse,
    Flambeaux de votre humanité!
Qu'on maudissait vivants, et que morts on invoque;
Héros qui sur leurs pas entraînaient leur époque
    Vers l'immuable vérité!

Voilà pourquoi des cieux la voûte constellée
Est si belle et si grande, étant ainsi peuplée!
    Voilà pourquoi ces bleus chemins
Par où j'ai vu monter de victoire en victoire
Le génie et l'amour, le martyre et la gloire,
    Attirent tant les yeux humains!

Et moi, qu'on voit parmi les étoiles tranquilles
Qui traversent aussi les grands cieux immobiles,
    Je semble dans l'immensité
La boussole d'argent d'une sublime flotte
Où la création avec Dieu pour pilote
    Vogue à travers l'éternité.

Mais non, je suis sœur du soleil,
Du vieil ami de tout le monde;
C'est toujours mon altesse blonde
Qui règne pendant son sommeil.
Jusqu'à l'aube dans mon conseil
Les astres d'or siégent en ronde...
Soleil des nuits, altesse blonde,
Voici la sœur du vrai soleil!

ÉDOUARD PLOUVIER.

IX.

LES ANGES.

Je veux bien croire à vos philosophies,
Gens de mon temps, à vos plans généreux,
A vos travaux, même à vos utopies,
Même aux progrès faits dans l'art d'être heureux !
Mais laissez-moi d'une foi sans mélanges,
Comme y croyaient nos mères avant nous,
Comme un enfant, laissez-moi croire aux Anges :
C'est si charmant, si facile et si doux !

Je crois à l'Ange appelé Gabriel,
Qui descendit dans un rayon du ciel
Pour annoncer le Sauveur à Marie.
Je crois à l'Ange ayant nom : Raphaël,
Qui conduisait, loin des champs d'Israël,
Le fils pieux de l'aveugle Tobie.

Je crois encore à l'Ange menaçant
Pour le faux sage et l'injuste puissant,
Qui d'un bras fort démasque l'artifice ;
Qui terrassa, sous un genou de fer,
Le grand vaincu, l'orgueilleux Lucifer...
C'est Saint Michel, Ange de la justice !

Qui peut nier cet Ange familier,
Comme un grillon, vivant dans le foyer,
Aux jeunes yeux voilant la vie amère ;
Qui nous endort avec des chants joyeux,
Et qui de nous, pour se faire aimer mieux,
Prend si souvent les traits de notre mère ?...

Avec Jacob qui lutta corps à corps
En l'épuisant par une nuit d'efforts,
Mais lui laissant au jour des forces neuves ?
Qui, sur l'enfant d'Abraham éperdu,
Retint dans l'air le glaive suspendu ?...
— Je crois à lui. — C'est l'Ange des épreuves !

Comment douter de cet Ange au front pur,
Chargé d'ouvrir ses deux ailes d'azur
Entre le mal et la fraîche innocence?
Ange sacré des premières pudeurs,
Il défendit nos mères et nos sœurs...
Croyons à lui par la reconnaissance !

Qui consolait Agar dans le désert ?
Qui ranimait, par un divin concert,
En leurs tourments les frères Machabées ?
Qui couronnait Daniel de rayons,
Qui l'offrait calme à la dent des lions
En relevant ses forces succombées ?...

C'est l'Ange fort, c'est l'Ange de la foi !
Soldat du ciel, ennemi de l'effroi,
Vainqueur du doute et des lâches alarmes ;
Qui sous le feu nous jette les premiers,
Combat en nous et nous fait chevaliers
Le lendemain de la veille des armes !

C'est Raphaël, peintre des cieux ouverts,
C'est Michel-Ange, étonnant l'univers,
Qui m'ont fait croire à l'Ange du génie ;
Ils lui devaient leurs pinceaux immortels.
Il leur laissa leurs beaux noms éternels
Déjà portés dans la sphère infinie !

Je crois toujours à l'Ange du pardon,
Qui dans sa mort et dans son abandon,
A consolé le Christ au mont Calvaire ;
Qui de l'injure ordonne à tous l'oubli,
En nous disant de songer à celui
Qui seul a droit d'être un juge sévère.

Je crois de même aux Anges chérubins,
Qui vont jouer parmi les blonds bambins,
Anges d'en bas dont le jeu les attire ;
Car si l'un tombe, une invisible main,
Sur ses deux pieds le remettant soudain,
Change ses pleurs en beaux éclats de rire.

Si chez le pauvre habite la gaîté,
Soir et matin c'est qu'il est visité
Par l'Espérance, Ange au malheur fidèle...
Et si le riche est parfois attristé,
C'est que parfois l'Ange de charité
Auprès de lui passe sans qu'il l'appelle !...

Lorsqu'un vieillard, après de longs travaux,
Pour la rouvrir au pays du repos
Sur celui-ci va fermer sa paupière ;
En souriant s'il entre dans le port,
C'est qu'il se fie à l'Ange de la mort,
Domptant pour lui la tempête dernière !

Croyez au moins à l'Ange de l'amour,
Créé par Dieu pour créer à son tour,
Qui de nos cœurs veut les tendres échanges ;
Et dit à ceux qui craignent de vieillir :
« Aimez ! aimez pour vous voir rajeunir ! »
Ah ! celui-là, c'est le plus doux des Anges !

Ils sont partout ! dans les airs, sur les mers,
Sur les sommets, sous les feuillages verts,
Dans les hameaux, les cités, les prairies ;
Dans tout chemin où le vieux monde va,
Accomplissant aux yeux de Jéhovah,
En tous les temps d'innombrables féeries ?

Je veux bien croire à vos philosophies,
Gens de mon temps, à vos plans généreux,
A vos travaux, même à vos utopies,
Même aux progrès faits dans l'art d'être heureux !
Mais laissez-moi d'une foi sans mélanges,
Comme y croyaient nos mères avant nous,
Comme un enfant, laissez-moi croire aux Anges :
C'est si charmant, si facile et si doux !

1853   Édouard PLOUVIER.

X.

LE PÈRE.

9. Vous prierez donc ainsi :
Notre Père qui êtes dans les cieux,
que votre nom soit sanctifié !

Évangile selon saint Matrieu, chap. vi.

Le soleil est couché. La terre fait silence.
Cigale, abeille, oiseau, voix, rayon, tout s'endort.
Sur les champs assoupis là lune se balance
Dans les grands jardins bleus émaillés de fleurs d'or.

C'est l'heure où dans la ferme
Chacun songe au repos,
Où l'étable se ferme
Sur les derniers troupeaux ;
L'heure où du labourage
Reviennent à pas lents,
A travers le village,
Les grands bœufs indolents.

Ainsi qu'un laboureur qui, sous son toit prospère,
Regarde au loin venir ceux qu'il aime à revoir ;
Celui-là, que Jésus appelait « *Notre Père*, »
Attend tous ses enfants pour le repas du soir.

Mais, tout plein de prudence,
Il laisse sommeiller
La mère Providence
Assise à son foyer ;
Mère que tout alarme,
La fatigue l'endort....
Mais le bruit d'une larme
L'éveillerait encor !

Entrez tous ! c'est ici qu'on aime et qu'on espère !
Ici, vêtu d'hermine ou couvert d'un haillon,
Celui-là va s'asseoir au plus près de son Père,
Qui le mieux dans la terre a creusé son sillon !

La porte est grande ouverte,
Les sièges sont nombreux,
La nappe est recouverte
Par des mets savoureux ;
La salle est étendue,
Car la société
A cette heure attendue
S'appelle Humanité !

Les voici, s'inclinant sous la main paternelle,
Les fils laborieux, ceux pour qui le travail
A lavé sur leurs fronts la tache originelle,
Les voici, revenant les premiers au bercail !

Venez, leur dit le Père,
De vous j'étais bien sûr,
Vrais héros de la terre
Dont le nom reste obscur !
Venez donc ! prenez place
Devant moi, sous mes yeux ;
Je veux vous voir en face,
Convives glorieux !

Venez, savants vainqueurs de problèmes sans nombre,
Qui me trouviez sans cesse au fond de vos labeurs ;
Venez, beaux enfants purs, qui, sans laisser une ombre,
N'avez fait que passer dans la cité des pleurs !

Venez, pasteurs modestes,
Amis consolateurs,
Qui, médecins célestes,
Avez guéri les cœurs ;
Et vous, dont la science
Servit la charité,
Docteurs de l'indigence
Pasteurs de la santé !

Avance, ô chaste femme, irréprochable mère,
Bonheur de ton époux et gloire de tes fils,
Qu'avec orgueil j'ai vu dans ton doux sanctuaire
Au milieu des respects fleurir ainsi qu'un lis !

Venez, hommes d'études,
Soutiens des justes lois ;
Artisans aux mains rudes,
Rimeurs aux douces voix ;
Artistes, dont les œuvres
Mêlaient le bien au beau,
Et vous, humbles manœuvres
Qui portiez leur flambeau !

Viens, et prends place aussi, pauvre Samaritaine,
Dont le Christ accepta l'hommage parfumé ;
Viens ! mon cœur te pardonne ainsi qu'à Madeleine,
Car tu souffris beaucoup, ayant beaucoup aimé !

Mais au festin splendide,
Et lorsqu'il se fait tard,
Plus d'une place est vide,
Qui donc est en retard ?...
Qui donc, lorsque le Père
Rouvre, le temps venu,
Aux bannis de la terre
Le Paradis perdu ?...

Hélas ! c'est qu'au dehors de la maison en fête,
Le fils rebelle est là qui, d'un œil ébloui,
Contemple le festin, et de la voix arrête
Chaque enfant, chaque ingrat, attendu comme lui...

Mais dans son ombre même
Le Père a reconnu
Ce premier-né qu'il aime,
Ce révolté vaincu !
— Oh ! dit-il, qui l'enchaîne
Loin de moi dans ce jour ?
A-t-il donc plus de haine
Que mon cœur n'a d'amour ?...

Il sait qu'un seul regret à jamais me désarme,
Que je souffre avec lui de son iniquité,
Que pour lui pardonner je n'attends qu'une larme,
Et que je l'attendrai toute une éternité !

Et vous, que le rebelle
Retient, même aujourd'hui !
Vous, qu'avec lui j'appelle,
Rentrez donc avec lui !...
Si, près de moi, je laisse
Des places à remplir,
Mon immense tendresse
Les garde au repentir !

Venez, venez, vous tous que j'aime et que je pleure !
Le seuil de ma maison est ouvert chaque jour,
Comme mon cœur de père est ouvert à toute heure,
Pour la foi, le travail, la charité, l'amour !

Ainsi parle le Père
A l'heure du repos,
Quand sous le toit prospère
Sont rentrés les troupeaux ;
Quand on voit de l'ouvrage
Revenir à pas lents
A travers le village
Les grands bœufs indolents.

Et pendant le festin la terre fait silence ;
Le soleil s'est couché ; voici que tout s'endort.
Sur les champs assoupis la lune se balance
Dans les grands jardins bleus émaillés de fleurs d'or.

1855

ÉDOUARD PLOUVIER.